쉬운 산은 없다

수우당 시인선 012

쉬운 산은 없다

2023년 10월 31일 초판 인쇄

지은이 | 정은호
펴낸이 | 서정모
펴낸곳 | 도서출판 수우당

주 소 | 51516 창원시 성산구 외동반림로 126번길 50
전 화 | 055-263-7365
팩 스 | 055-283-8365
이메일 | dlp1482@hanmail.net
출판등록 | 제567-2018-7호(2018.2.12)

ISBN 979-11-91906-22-6-03810

값 12,000원

＊이 시집은 2023년도 경남문화예술진흥원의 문화예술지원을 보조받아 발간되었습니다.

수우당 시인선 012

쉬운 산은 없다

정은호 시집

수우당

정 은 호

경남 진주에서 태어났습니다. 창원공단에서 노동자로 일하고 있습
니다. 1999년 〈들불 문학상〉을 받으며 작품 활동 시작하였고, 시집
으로 『지리한 장마, 그 끝이 보이지 않는다』, 『방바닥이 속삭인다』
가 있습니다. 현재 '객토 문학동인'으로 활동하며 노동자의 땀내
나는 삶과 이야기를 글로 써 내고자 노력하고 있습니다.
Email: 0119535@hanmail.net

처음에는 그냥 산이 좋아서 올랐다.

본격적으로 산을 오르기 시작한 것이 아마도 1990년대 후반부터였지 않나 싶다. 그러다 산을 좀 더 알고 싶어 산을 오르며 그 산에 어려있는 이야기에 관심을 두게 되었고, 더욱이 산마다 품고 있는 아픈 역사와 대면하면서 시를 쓰기 시작했다.

오늘도 수많은 이들이 산을 오른다. 하지만, 각각의 산이 가지고 있는 특성이나 가슴에 품고 있는 삶의 이야기에 관심을 두는 이는 그리 많지 않은 것 같다. 짧지 않은 시간이지만 많은 산을 올랐다고 생각했는데, 이번 시집을 엮다 보니 겨우 산 아래 한발을 들여놓은 느낌이다. 누가 뭐라 해도 산은 깊고 넓다. 그 깊고 넓은 가슴속에 수많은 이들의 삶의 애환이 서려 있다. 그 소리를 내 얇은 귀로는 다 들을 수 없지만, 이 작업이 나름의 의미 있는 작업이라 자위해본다. 하지만, 시를 통해 표현해 내고자 하는 데는 한계가 있기도 했다. 차후 또, 기회가 주어진다면, 산문을 통해 좀 더 편안하게 산과 친해지고 싶다.

2023년 가을
대암산 아래서

|차 례|

시인의 말

제1부

제2부

제**3**부

제4부

제 1 부

지리산

마력魔力의 산이다

연하선경

길도 풍경도 가장 아름답다는 연하선경*
누가 알까
겨울이면 깊고 깊은 상처를
저 스스로 치유하기 위해
온몸 칼바람 앞에 선다는 것을

*연하선경(煙霞仙境)은 지리산 주 능선 25km 중 가장 아름다운 구간을 뜻한다. 세석평전, 촛대봉, 연하봉까지 이어지는 2.6km 구간을 말한다.

반야봉

저물녘에 올라야 볼 수 있는 반야봉 낙조
염상진, 하대치가* 보았다던
그 장관은 해가 중천에 걸렸으니 볼 수 없었다

마구 할멈이 낭군 반야**를 위해
나무껍질로 옷을 지었다는
천왕봉이 멀리 동으로 눈에 들어왔다

늦가을 단풍도 떨어지고
살아 천년 죽어 천년을 사는 고사목
잘해야 백 년을 사는 사람들 삶이
그저 찰나에 지나지 않는다고 속삭인다

*소설 『태백산맥』에 나오는 인물. **지리산 전설에 나오는 인물

노고단에서 세석평전까지

지리산 어딘들
아프지 않은 곳 있을까만
지리산 주 능선 길 걸으며
한국전쟁 때 세석평전에 묻힌
아비의 유해를 찾으러 가는 길*

*TV 문학관 '철쭉제'의 한 장면

대원사계곡 단풍

샛강에 저녁노을이 살짝 발을 담그자
유평리가 온통 붉게 물들었다

피아골 단풍

피밭이 많아 피아골이라지만

해마다 고운 단풍 핏빛으로 물드는 이유를
연곡사 노승에게 물어보랴
파랑새에게 물어보랴
이름 없이 사라져간 파르티잔에게 물어보랴

천년송

지리산 구름도 쉬어 간다는
와운마을에는

천년을 사이좋게 사시는
할머니 할아버지가 계신다

천연기념물 424호
천년송

천년송에서 저절로 나는 향기가
오늘도 뱀사골을 푸근하게 감싸고 있다

등산

　정상을 향해 기를 쓰고 오르지만 산은 다시 내려가야
하는 삶을 깨우쳐 주는 스승과도 같다

쉬운 산은 없다

면면을 보지 않고
높낮이로 산을 보지 말자

겉만 보고 덤비면 후회하게 되는 게
우리네 삶과 닮았다

백두대간

백두산에서 지리산까지 호랑이 등뼈를 닮은 길 70년이
넘도록 휴전선이 끊어 놓고 있다

백두산에서 꿈을 꾼다

북경공항에 내렸을 때
눈에 들어온 글자는 온통 한자였다

비행기를 갈아타고 연길공항에 내렸을 때
눈에 들어온 글자는 한글이었다

우리 선조들이 말달리고 활을 쏘던 땅
일제 강점기 조국독립을 위해 총을 쏘던 땅
그곳을 한글이 지키고 있었다

한자가 군림하는 땅 중국에서
문화강국 대한민국을 꿈꾼다

백두산 천지

천지를 보기 위해
가슴 졸이며 기다리는 사람들

잠시 구름이 걷히고 천지가 얼굴을 내밀 때
환호하는 사람들

우리 민족의 기상이 솟는 이곳
맑은 하늘이 펼쳐질 때까지
시련을 견뎌내라고 말하는 것 같다

대둔산

가는 날이 장날이라고 하늘을 찌를 듯 솟아오른 기암괴석, 깎아지른 절벽, 사방 산봉우리들이 운무에 가려 제 모습을 보여주지 않는다, 올라야 하나 포기해야 하나 망설임도 잠시 한 발 한 발 마천대까지 오른다, 이 길이 그냥 길이 아니라 동학 농민항쟁 최후의 격전지라며 그 길을 오늘 우리가 걷고 있는 것이라고, 누군가 의미를 부여한다. 마침내 정상에서 만세 부르듯 양팔을 높이 올려 함성을 질러본다. 순간 운무가 걷히기 시작하고, 절벽 아래로 투신하며 최후의 일인까지 일본군과 싸웠다던 동학농민군의 처절한 함성이 천지사방에서 들려오는 듯하다

장안산 억새밭에서

은빛 물결 일렁이는

바다 한가운데 서서 꿈을 꾼다

끝없이 밀려드는 파도가

내 온몸을 사정없이 때리며 외치고 있다

지금이 가장 빛나는 순간이라고

천관산 기차바위

갈 길을 잃어버린 걸까
기적을 울리지 못하는 기차가 아프다

기차는 남도를 출발해
백두대간 끝 간 데 없이 달리고 있다

사람들은
저 기차바위의 기적소리를 듣고 싶어
천관산을 오르는지도 모른다

마이산

탑사 돌탑을 휘감는 바람 소리가
말의 울음소리 같다

움직이지 않는 말이라도
말은 아무나 타는 게 아니다

오늘은 말의 등 대신 귀를 타기로 한다
꺾어지는 듯한 계단 길
바람이 몰고 온 풍경 소리를 들으며
하늘길을 오른다

이 길에 들어선 이상
다시 지상에 발을 디딜 수 있을까
두려움이 앞선다

용궐산

허공에 길을 낸 잔도길이 용처럼 꿈틀거린다

산 아래 섬진강에도 꿈틀거린다

용의 등을 타고 하늘에 오르고 싶다

달마산

수려한 기암괴석
남도의 금강산,
산허리가 온통 너덜지대다

산 아래 미황사에는
달마대사의 전설이 전하고

해남 사람들 불심을 품은 산이다

만덕산

쭈뼛쭈뼛 솟은 기암괴석
능선을 잇고
오르고 내려서는 길이 가파르다

깃대봉에 서서
백련사와 다산초당
강진만과 가우도를 본다

드나드는 어선과 억센 민중의 삶
다산이 꿈꾸었을 참세상을 생각해본다

강천산

절벽 위에서 물이 떨어지는
구장군폭포를 본다

전설 속 아홉 장수가
전장에서 패하고 자결하려다가
여기서 마음을 고쳐먹고
다시 싸워 이겼다는 이야기

오뚜기처럼 다시 일어서라 한다

제 2 부

산마루 간이역

눈앞에 보이는 나무 데크 길
긴 여정을 끌고 가는 기찻길 같다

산과 산을 잇고
산마루마다 쉬었다 가는

간월산 간이역에서 잠시 쉬다 보면
어디든 갈 수 있는 기차가 선다

천황산, 재약산

커다란 돌무더기 지금도 그대로

천황재, 사자평 억새도 그대로

이곳에서 꾸었던 어린 파르티잔의 꿈은 어디에 있나

문복산

문복 노인이 산에 들어 도를 닦았다는 문복산

계절마다 산을 찾는 사람들은 많은데

참다운 삶을 알려주는 도인은 없다

신불산

더 넓은 평원에 억새가 가득하다

서걱서걱
바람과 억새가 나누는 밀어

하얀 나비 일제히 날아오른다

고헌산

언양 사람들이 하늘에 기우제를 올리던 곳

떡과 과일, 술과 고기, 한 상 차려놓고
간절히 기원을 올렸으리라

혹여, 산에서 비를 만나더라도 당황하지 마라

운문산

호랑이가 구름을 훌쩍 뛰어넘는다

청도 사람들은 운문산 호랑이를 진짜 믿는다

지금도 호거대에는 호랑이가 웅크리고 있기 때문이다

청도 사람들의 삶의 기상은 운문산에서 나온다는 것을
아무도 부정하지 않는다

무장산

천지가 은빛이다

은빛 나비다

은빛 날개를 단 천사다

천사 앞에서

티끌 같은 욕심마저 내려놓지 못하는 이는

가을 무장산을 찾지 마시라

남산

금오봉 오른다

삼릉* 지나
솔 향기 가득한 길 걸으며
마애석불 앞에
아내가 먼저 합장을 올린다
나도 따라 합장을 한다

천년고도
불교 문화 꽃을 피운 흔적

경주 남산은
그저 속인의 마음도 불심에 빠져들게 한다

*신라 8대 아달라왕, 53대 신덕왕, 54대 경명왕의 무덤을 말한다.

황악산

예전엔 학이 날아들었다는데
학 한 마리 보지 못했다

한줄기 가랑비 지나고

허공에 퍼지는
직지사 풍경소리만 청아하다

팔공산

깨끗한 물이 흐른다는 수태골과
동봉, 비로봉, 서봉을 안은 산

공산전투에서
후백제 견훤 군사를 상대로
신숭겸이 왕의 옷을 바꿔 입고
전사하고
왕권의 여덟 장수가 전사했다는
전설이 전한다

산 아래 동화사는
임진왜란 때 승병의 본거지
팔공산은 호국의 산이다

대야산

산 위에는 대문 바위, 너럭바위가 있다

계곡에는 하늘로 오른 한 쌍의 용이
사랑을 나눈 흔적 하트모양 폭포를 만들었다

월영대에는 달의 속살이 내리비친다

대야산에 들어서면
누구나 사랑의 문이 활짝 열린다

선의산

하늘에서 선녀가 내려와 춤을 추었다는 선의산, 산의 정
기를 받으면 여덟 정승이 나온다는데, 올곧은 정승이 나
오는 것을 두려워한 일제가 민족의 정기를 끊어 놓겠다고
쇠말뚝을 박았다는 선의산, 그 선의산 정상에 서면 누구
나 피가 끓는다

금오산

아찔하다
정상 현월봉에 올라
아내와 점심밥을 먹으러
하필이면 왜
한 발짝만 내디디면 천 길 낭떠러지 위에
자리를 펼쳤는지 모를 일이다
밥을 먹는 내내 불안불안 했다
천 길 낭떠러지에 매달린
약사암
약사전 앞에 왔어야
우리가 왜 그랬을까 물었다

추녀 끝 풍경소리조차
댕강댕강
아슬아슬
살면서 긴장의 끈을
놓지 마라 한다

내연산

계곡 길만 걸어도 좋다

12폭포, 물의 향연과
소금강 전망대와 선일대,
알몸을 다 보여준다

은 폭포에 다다르면
굳이 이유를 묻지 말고
내외하시라

소백산

어의곡 탐방소에서 비로봉
국망봉, 늦은맥이재
백두대간 마루금을 걷는다

망국의 한을 안은 마의태자가
눈물을 흘렸다는 국망봉에서
환하게 웃으며 사진을 찍는다는 게
조금은 미안한 감정과 어색함이 들었다

신록의 소백평전 앞에서
사진을 찍느라 바쁜 아내에게
마음과 눈으로 담으라고
슬쩍 건네 본다

팔공산 갓바위

세속의 영욕,
단 한 가지만은 들어준다기에
숨찬 오르막 돌계단을
마다하지 않았다

비에 씻기고
바람에 깎여도 말이 없다

천년을 서서
팔공산 둘레만큼
한 치 앞 모르는 무지렁이
안아주는 마음 그대로 넉넉하다

운제산

처음 오르는 산길은 늘 가슴이 뛴다
그것은 두렵기 때문이다
하물며
하루하루 살아내는 삶의 길이
왜 두렵지 않겠는가
처음 운제산을 올랐을 때
아내의 손을 잡아주었던 것처럼
사회에 첫발을 딛는
둘째의 손을 지긋이 잡아 줄 수밖에

제 3 부

북한산

서울의 흥망성쇠를 함께한 산

백운대에 걸려 있는 태극기가
늘 올곧고 힘차게 펄럭이기를 염원해본다

청와대 주인이 바뀔 때마다
산은 또 요동을 칠 것이다

수락산

화강암 암벽을 타고 내리며
발자국 떼 놓을 때마다 숨소리 거친
아내 손 잡아주며
수십 년 함께 한 시간을 생각는다

수락水落이라
가히 쉼 없이 떨어지는
물의 깊이를 헤아린
옛 사람들 발자국은 어디 있는가

정조 때 삼백일 기도로 순조가 탄생했다는
내원암을 지나며 아내에게
삼정문란이니 농민봉기니
모반사건이니 하며 먼 역사의 소용돌이 속으로
걸어보기도 하면서

지는 해를 삼킨 골짝에 앉아
바위에서 떨어진 물에

아내와 나란히 앉아 발을 씻는다

공룡능선

누가 뭐라 해도
설악의 비경은 공룡능선이다

마등령에서 무너미고개까지
한번 들어서면 옆으로는 탈출구가 없는
천 길 낭떠러지 백두대간 마루금이다

나한봉, 큰새봉, 1275봉, 신선대까지
높고 낮은 봉우리을 헉헉거리며
넘고 넘어서야 한다

많은 등산객이
쉬 들어서지 못하는 까닭도
장시간 산행과 체력적 부담만이 아니다
가보지 않은 세계에 대한
두려움 같은 것인지도 모른다

살아 굼틀거리는 공룡,

대청봉을 향해 나아가고
중청, 소청, 봉정암, 적멸보궁
용아장성, 울산바위, 속초 앞바다
권금성, 화채능선, 서북능선
귀때기청봉까지
설악이 한눈에 들어온다

공룡의 등뼈가 만경대다

내가 보는 세상도
아름다운 비경 절정에 다다르듯
환해지기를 빌어본다

귀때기청봉

설악의 대청, 중청, 소청한테
귀싸대기 얼얼하게 얻어맞았다고

바람이 엄청나게 세서 귀때기가 날아간다고

그저,
바람도 귀싸대기도 다 내려놓고
청봉 하나를 꿰찼으니
설악의 서북능선을 차지하고 섰다고

힘겨운 너덜지대를 지나야
바람도 가벼워지는 것인지도 모른다

세상은 귀싸대기 얼얼하게
얻어맞지 않기 위해 악을 쓰며
저마다 앞가림하기 위해
우린 오늘도 욕심의 주먹을 쥐고 있지나 않을는지

나는
바람도 귀싸대기도 다 내려놓지 못해

귀때기청봉에 서서
사정없이 귀싸대기를 때리는 바람을 맞으면서도
쥔 작은 주먹조차 쉽게 펴지 못한다

용아장성

아찔하고 날카로운 것일수록 절경이다

아무도 근접하지 못하는
난공불락, 용의 이빨

오르고 싶은 마음 왜 없을까 마는
산행 통제구역,
한발 떼어놓는 순간 허공이다

세상 눈높이로 기를 쓰고
비경의 여의주, 가지러 오르고자 한다면
용의 이빨 위에 나를 뉘어야 한다

"ㅎㅎㅎ"
봉정암 적멸보궁 부처님이
너털웃음을 웃고 계신다

아뿔싸,

욕심과 욕망 모두 꽝이다

설악산

　중청 대청봉 화채능선 천불동계곡 천화대 공룡능선 울
산바위 마등령을 내려서도 알 수 있는 게 없다. 비경의
악산이라고 할 수밖에, 그래서 설악雪嶽이 되었는지 모
른다

천불동계곡

신선이 빚어놓은
천 개의 불상도
비경이지만

그 아래
천당폭포에 가닿으면

세속의 때
덕지덕지 달라붙은
그 어떤 세인도

마음이 깨끗해진다

마등령

야생마의 등을 탄다는 것이
어디 쉬운 일이던가

말의 등에서
내려오는 것도
쉬운 일이 아니다

미끄러지고
넘어지고
떨어지는 것을 조심해야한다

백두대간
설악산을 힘차게 내달리는
야생마를 탔다

함백산

석탄산업
흥망성쇠를 고스란히 안고
까만 탄가루 대신,

하얀 철쭉과 야생화
천상화원을 이루었다

홀아비바람꽃*이
사내의 마음을 흔들어 놓는다

*꽃말은 비밀스러운 사랑, 덧없는 사랑이다

문장대

전설이면 어떻고 속설이면 어쩌랴
세 번을 오르면 극락을 간단다
세속에 묻혀 아웅다웅 살아가는 이여
지금 당장 문장대를 찾으시라

두타산

부처가 누운 산

치악산

나무꾼을 위해
목숨을 던져 범종을 울린
꿩 이야기 앞에서

작은 인연이라도 잊지 말자 다짐해 본다

월악산

설악산, 치악산, 운악산, 삼악산과 함께
대한민국 5대 악산 중의 하나다

굳이 힘든 악산을 오르는 것은

더 아찔하고 더 아름다운 까닭이다

소금산

기암괴석이 아름다운 곳

소금 잔도길, 울렁다리
긴 출렁다리 놓아
입소문을 타고
어질어질하게 출렁거린다

인산인해,

산을 성형수술 시켜 놓았다

제비봉

충주호, 구담봉에 올라 바라보면 부챗살처럼 드리워진 바위 능선이 마치 제비가 날개를 활짝 펴고 하늘을 나는 모습과 같다

아내 손을 잡고 밀어주며 힘들게 오른 제비봉에서 눈앞에 펼쳐진 비경에 놀라 내지르는 탄성 대신, 댐 건설로 고향 잃은 5만의 이주민이 쏟아냈던 한탄 소리가 먼저 들린다 대대로 살아왔던 고향을 빼앗긴 그들의 가슴에 따뜻한 봄소식 물고 제비 한 마리 날아들었으면 좋겠다

*충주댐은 1985년에 건설되었다. 댐 건설로 충주, 단양, 제천 등 3개 지자체에 걸쳐 66.48㎢가 수몰됐고, 약 5만 명의 수몰 이주민이 생겨 고향을 잃은 이들에겐 가슴 아픈 기억의 장소지만, 지금은 많은 관광객이 찾는 명소가 됐다.

용봉산

가끔은 산이 헛기침한다

기암괴석이 즐비하기로 유명한 용봉산
사진을 찍다 바위 아래로 떨어진 재학이
119 구조 헬기가 뜨고
눈앞이 캄캄했던 시간

홍성 의료원으로 날아간 헬기를 따라
산을 어찌 내려왔는지도 몰랐던
몇 년 전 기억이 나를 사로잡는다

다시는 이 산을 쉽게 오르지 못할 것 같았는데
오늘 산을 올라 정상 석에서 사진을 찍으며
살짝 웃어 보려다
나도 몰래 멈칫한다

가끔은 산이 헛기침할 때가 있다

선자령

하늘의 선녀가 아이들을 데리고 내려와 놀다 가고
어린 목동들이 밤하늘의 별을 따던 곳이라니

괴괴한 풍력 발전기 소리와
세찬 바람 소리 귓전을 울려 놓는다

마음이 차갑게 얼어붙는다

한라산

구상나무 위에 눈꽃이 피었다
백록담 아래 비탈면 오를 땐
바람에 몸이 날아갈 것 같았다

봄이 오면
진달래 철쭉 붉게 피는데

유채꽃이 피는 사월
제주 사람들은 향을 피운다

제4부

가야산 소리길

물소리 새소리 바람 소리 들으며
살며시 마음 내려놓아도 좋다

마음의 소리 천천히 들으며
깨달음에 이르러도 좋다

홍류동 계곡도 낙화담 붉은 물결도
붉은 단풍이 붙여준 이름

단풍이 물드는 것처럼
생명의 소리 들으며
도량道場에 들어도 좋다

덕유산

넓은 사내의 가슴팍만큼이나
덕이 넓다 하여 덕유산이다

향적봉 돌무더기 너머
시원하게 펼쳐진 덕유평전

하늘과 맞닿은 천상화원이다

유독 붉은 동자꽃이 눈에 들어온다

스님을 기다리다 추위와 배고픔에
얼어 죽었다는 동자승
동자꽃 전설이 아프다

우두산

소머리 돌부리 산

온산이 의상대사 수도처다

대사가 쌀굴에서 쌀을 구했다는 전설

천년세월을 산 아래 사람들은
대사처럼 오늘도 쌀굴에서 쌀을 얻어
밥을 짓는 모양이다

금원산

　황금원숭이가 들었다는 산, 유안청 계곡을 끼고 깔딱 고개 헐떡이다 보면 정상에 다다른다. 금원산, 크게 새겨진 정상 석을 배경으로 사람들이 사진을 찍는다. 산 중턱 바위 속에 도량 높은 도사가 황금원숭이를 가두었다는 전설이 전해지는데, 등산도 하고 황금 원숭이도 보러 모여든 사람들, 하산 주酒 한잔에 발그레한 내 얼굴을 보고 황금 원숭이를 닮았단다. 내리막길에 원숭이 나무 타듯 빠르다고 손가락을 치켜세운다. 금원산에서 나는 원숭이가 되었다.

금정산

고단봉을 오르고
산성 망루에 서서 바람 소리 듣는다

방심하지 마라, 경계를 늦추지 마라

부산 앞바다 뱃고동 소리 오늘따라 느슨하다

부산 자갈치 아지매,
삶의 욕 한 바가지 확 날려보소

정신이 확 들지도 모릅니다

황매산

황매 평전,
소들이 한가롭게 풀을 뜯던 곳
철쭉꽃이 만발하는 화원으로 변했다

산 아래 합천사람도 산청사람도
해마다
산을 뒤덮은 철쭉을 보러오란다

구절산

탁 트인 조망,
고성 만과 들판
백악기 공룡이
툭툭 튀어나올 것만 같다
구절초 같은 민초들의 삶이
한눈에 들어온다

고성을 지켜온 사람들의 삶이
구절산을 떠받들고 있다

여항산

아늑한 산촌을 감싸 안은 산
봄볕이 따스하다

갓데미 산,
6 · 25 때 숱한 폭격과 전투가 있었다고

산 아래 평화로운 사람들은
대대로 기억하고 있다

가야산 만물상

불공드리는 스님과도 같고
천년을 사는 거북이와도 같고
귀를 쫑긋 세운 토끼와도 같다

구만산

정상이라고
사방이 탁 트인 산이 아니다

임진왜란 때
구만 명의 사람들이 피난했다고 한다

계곡에 앉아 잠시 두려운 전쟁을 생각해 본다

대금산

봄날,
진달래가 제일 먼저 핀다

남녘 바다, 갯비린내 밀고 온
거제 수산시장 봄 도다리 통통 튀어 오른다

시루봉

떡 찌는 시루다

어떤 산객들은 낙남정맥
끝이라고 하고

구한말 명성황후가
자신이 낳은 아이를 위해
하늘에 제를 올렸다고도 한다

시루봉에 서면
진해 앞바다가 한눈에 들어온다
일제가 침략전쟁 군사기지로
터를 닦은 곳이다

무척산

부부 소나무 앞에서
살포시 아내 손을 잡는다

부부는 늘 변함없이
함께 하는 것이라고

산정호수에 담긴 하늘이
참 맑은 까닭이다

방어산

정상은 장군대라 부른다

통일신라시대부터 있었다는
마애약사여래삼존입상은
환자를 치유하는 부처란다

산 아래
상처 입은 영혼을 치유하는
마애사가 있는 까닭도
그냥 우연은 아닌 듯싶다

연화산

옥천사에 연등이 걸리면
온 산이 연꽃으로 핀다

적멸보궁,
부처님 진신사리를 모시고 있다

천주산

온산이 진달래 물결로 출렁인다

봄은 저렇게 화사한 빛으로 온다

소답동 전통 시장에도 봄 햇살이 따뜻하다

금산

이성계의 말 한마디에
온 산이 비단으로 덮였다

남해 사람들은 저 거센 파도를 안고
보리암이 있는 산을 오른다

대암산

산정에서
창원공단을 내려다본다

누구에게나 자신이 자라온 고향이 있듯이

옛 마을, 흔적을 곳곳마다 세워두었건만

산업화로 마을을 잃은 사람들을
기억하는 산이다

남덕유산

하늘이 너무 맑다

저 멀리 향적봉을 향해 이어진
덕유산 능선, 붉은 가을 옷을 입었다

발아래 육십령 고개
함양 사람들과 장수 사람들
삶을 이고 지고 오고 간
아득한 전설을 품었다

무룡산

멀리서 보면 용이 춤을 춘다

무룡산을 지나는 덕유산 능선
한 마리 용이다

산 아래 터전을 잡은 사람들은
환란이 있을 때마다
평안을 비는 제를 올렸으리라

지리산 종주와 산 이야기

지리산 종주와 산 이야기

1

1990년 추석, 지리산을 올랐다. 화엄사에서 노고단을 오르기 시작했다. 얼마를 걸었을까 쉬운 임도가 끝나고 끝도 없이 돌계단을 올라야 했다. 중재에서 무넹기 구간이다. 노고단에 도착했을 땐 늦은 오후였다. 구한말외국인 선교사들이 지었다는 별장 흔적들이 눈에 들어왔다. 그곳을 들어가 보기도 하고 그 별장들이 허물어진 것은 6·25 때가 아니었나 생각했었다. 그렇게 노고단에서 1박을 하고 지리산 주 능선을 따라 종주 이튿날이 시작되었다. 삼도봉을 향해 걸었다. 삼도봉에서 다시 피아골 삼거리를 지나 연하천에서 점심을 먹었다. 통영에서 왔다는 산꾼들이 충무 김밥을 먹어보라고 건네줘서 얻어먹었다. 농담처럼 충무 김밥이 유명하다고 한바탕 웃었다. 일행들 보다

조금 앞서 걸었던 나는 지리산이 전쟁 때 빨치산의 산이었다는 얘기들을 했었다. 연하천을 지나 다시 벽소령을, 영신봉을 넘어 세석평전에서 2박을 하기로 했었는데 영신봉을 넘기 전부터 어둠이 내리고 있었다. 그 와중에 어떤 산객이 야맹증으로 힘들어했다. 나는 그 야맹증 산객 손을 잡고 영신봉을 넘었다. 세석평전에 도착하는 것이 급선무였다. 세석평전에 도착하여 텐트를 쳤는데 왜 그렇게 바람이 세차게 불던지 텐트가 날아갈 것만 같았다. 그렇게 지리산에서 이틀 밤을 지새우고 셋째 날 촛대봉을 넘고 연하봉까지 연하선경을 지나 장터목을 지나 천왕봉에 올랐다. 겹겹이 쌓인 산과 산 산맥들을 보면서 아 이것이 산정에 오르는 희열이구나 싶었다. 이때부터 산에 반했던 것 같다. 중산리로 하산을 하며 2박 3일 일정을 마무리했다.

2

  삼대를 덕을 쌓아야 볼 수 있다는 천왕봉의 일출, 노고단의 운해, 반야봉의 낙조, 피아골 단풍, 벽소령의 달빛, 세석평전 철쭉. 불일폭포, 연하선경, 칠선계곡, 섬진강 청류 이렇게 굳이 지리산 십 경을 열거하지 않아도 속인들이 반하지 않겠는가 또한 지리산은 현대사의 최대 비극인 민족상잔 생채기가 남아 있는 이념 갈등의 치열한 현장이다. 6·25전 후 2만 명의 생명이 희생된 이곳에서의 전투, 세계 유격전 사상 그 가혹함과 가열함에서 유래를 찾아보기 힘든 사례로 기록될 정도다. 지리산은 이 모든 것을 담고 지난 1967년 우리나라 국립공원 제1호로 지정됐다. 이렇듯 우리나라 산하에 아픔이 없고 사연이 없는 산이 있을까 어디인들 쉬운 산이 있겠는가? 산을 오르며 산을 알아가는 것은 산의 마음을 읽는 것이 아닐는지 싶다.

3

백두대간 준령 중 또한 아름다운 구간이 설악산 지구가 아닐까 싶다. 누군가 그랬었다. 지리산이 어머니 산이라면 설악산은 아버지 산이라고 지리산이 치맛자락처럼 깊은 골과 골을 펼쳐놓았다면 설악산은 쭈뼛쭈뼛 하늘을 찌르듯 기암괴석을 세워 올렸다. 공룡의 등을 타며 설악의 절경에 빠져보는 것도 의미 있는 일은 아닐는지 싶다. 비법정탐방로가 많은 구간이기도 하고 천불동계곡 단풍과 천당폭포는 세인의 발을 묶어 놓을 만하지 않은가, 한계령에서 설악동까지 무박 2일로 걸어보았던 기억이 아련하다. 죄인도 천당에 갈 수 있다는 천당폭포는 또 얼마나 희망적인가. 백담사에서 봉정암까지 일반 산객들이 오르기도 하지만 많은 불자가 적멸보궁을 찾아 오르는 길이기도 하다.

4

호남으로도 참 명산들이 많지 않은가 호남 5대 명산 (지리산, 내장산, 월출산, 천관산, 내변산)을 비롯한 마이산, 대둔산, 장안산, 강천산, 해남 달마산에 이르기까지 기암괴석과 단풍과 억새로 많은 산꾼을 불러 모은다. 대둔산은 동학농민혁명 군들이 최후의 일인까지 싸운 곳이기도 하다 어쩌면 산을 오르며 역사를 깨우치는 일이 되는 것이다. 해남 달마산을 오르며 최치원을 만나고 만덕산 깃대봉을 오르며 정약용을 만난다.

5

영남의 산들도 사연이 없는 산이 있겠는가? 부산 금정산은 외세로부터 부산을 지켜온 최후의 보루였고 시루봉에서 내려다보는 진해만은 일본의 침략전쟁의 군수기지였던 아픔을 보게 된다. 함안 방어산과 여항산은 인민군이 끝끝내 넘지 못한 치열한 전투가 있었던 산이다. 산을 오르며 산을 알아간다는 것이 점점 더 유의미한 일이 아닌가 하는 생각을 하게 된다. 때로는 마음 편히 동네 뒷산 대암산을 아이들 손을 잡고 쉬엄쉬엄 올라도 좋은, 산을 오른다.

■ 수/우/당/시/인/선